Monika Lange

Nació en 1968 en Duisburg, Alemania. Estudió Biología en la Universidad de Düsseldorf y se formó como guionista. Durante dos años realizó guiones para películas educativas, y desde 1997 escribe libros de divulgación científica para niños. Desde 1998 vive en Seattle, EE.UU.

En la misma colección:
¿Quién sale del huevo? Los animales ovíparos.
¿Quién ha pasado por aquí? Las huellas y los rastros de los animales.
¡Pronto llegará el invierno! Los animales en invierno.
Donde viven las focas. Los animales marinos.
¿Puedes verme? Los animales que se camuflan.

Ute Thönissen

Nació en 1969. Estudió diseño gráfico en Dortmund y Hannover, y trabaja en esta ciudad como ilustradora de libros para niños. Comparte con su pareja, que es biólogo, el interés por los animales y las plantas.

Título original: WENN TIERE HUNGRIG SIND. Mein Tierbuch vom Fressen
Monika Lange (texto)
Ute Thönissen (ilustraciones)
Publicado originalmente por Patmos Verlag GmbH & Co. KG, Düsseldorf, 2003
© S. Fischer Verlag GmbH, Frankfurt am Main, 2015
Todos los derechos reservados

De la edición castellana:
© EDITORIAL JUVENTUD, S. A, 2017
Provença, 101 - 08029 Barcelona
info@editorialjuventud.es
www.editorialjuventud.es
Traducción: Clara Jubete Basseira
ISBN 978-84-261-4408-9
DL B 23019-2016
Primera edición, 2017
Núm. de edición de E. J.: 13372
Printed in Spain
Impreso por Impuls 45

Monika Lange

Nació en 1968 en Duisburg, Alemania. Estudió Biología en la Universidad de Düsseldorf y se formó como guionista. Durante dos años realizó guiones para películas educativas, y desde 1997 escribe libros de divulgación científica para niños. Desde 1998 vive en Seattle, EE.UU.

En la misma colección:
¿Quién sale del huevo? Los animales ovíparos.
¿Quién ha pasado por aquí? Las huellas y los rastros de los animales.
¡Pronto llegará el invierno! Los animales en invierno.
Donde viven las focas. Los animales marinos.
¿Puedes verme? Los animales que se camuflan.

Título original: WENN TIERE HUNGRIG SIND. Mein Tierbuch vom Fressen
Monika Lange (texto)
Ute Thönissen (ilustraciones)
Publicado originalmente por Patmos Verlag GmbH & Co. KG, Düsseldorf, 2003
© S. Fischer Verlag GmbH, Frankfurt am Main, 2015
Todos los derechos reservados

De la edición castellana:
© EDITORIAL JUVENTUD, S. A, 2017
Provença, 101 - 08029 Barcelona
info@editorialjuventud.es
www.editorialjuventud.es
Traducción: Clara Jubete Basseira
ISBN 978-84-261-4408-9
DL B 23019-2016
Primera edición, 2017
Núm. de edición de E. J.: 13372
Printed in Spain
Impreso por Impuls 45

Ute Thönissen

Nació en 1969. Estudió diseño gráfico en Dortmund y Hannover, y trabaja en esta ciudad como ilustradora de libros para niños. Comparte con su pareja, que es biólogo, el interés por los animales y las plantas.

Monika Lange | Ute Thönissen

¿Qué comen los animales?

Los animales y la comida

 Editorial
Juventud

Todos comemos

Si no comemos tenemos hambre. Ni los más grandes y fuertes pueden vivir sin comer. Nuestro cuerpo necesita nutrientes para crecer.

Sin comida tampoco podríamos movernos. Los músculos necesitan nutrientes, como un coche necesita gasolina para funcionar.
No podríamos correr, saltar, levantarnos...; ni siquiera hablar, ya que para hablar también utilizamos músculos.

También comemos para poder pensar. Nuestro cerebro también necesita nutrientes.

Comemos para estar sanos. Es bueno
para nuestra salud comer fruta
y verdura, y probar cosas nuevas.

¿Cuál es tu comida favorita? ¿Las
salchichas, los macarrones? ¿Los
pasteles, los caramelos? ¿El yogur,
los plátanos..., o prefieres la pizza?

¿Y qué comen los animales? ¿Los
leones comen zanahorias? ¿No?
¿Los conejos comen chuletas? ¿No?
Entonces ¿qué comen los animales?

Soy un ratoncito
escondido en este
libro. ¡A ver si me
encuentras!

¿Qué ocurre cuando comen las personas y los animales?

Cuando comemos algo, primero tenemos que digerirlo; de lo contrario nuestro cuerpo no puede empezar a hacer nada. Para entender qué es la digestión y cómo funciona, fíjate en este perro salchicha.

El pienso llega al **estómago** del perro salchicha. Allí será desmenuzado y amasado.

Del estómago va directo al **intestino**. El intestino es largo, larguísimo, y sus paredes extraen los nutrientes que el perro necesita para vivir.

El **perro salchicha** tiene mucha hambre. Come pienso y un hueso.

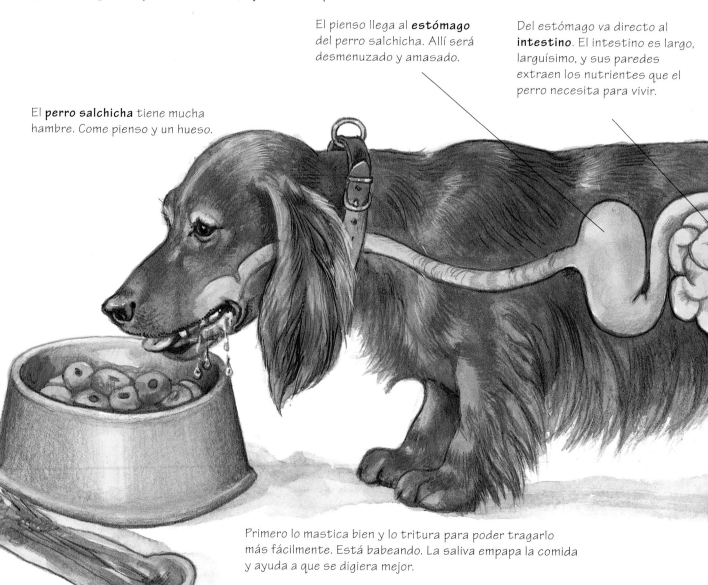

Primero lo mastica bien y lo tritura para poder tragarlo más fácilmente. Está babeando. La saliva empapa la comida y ayuda a que se digiera mejor.

Por las venas del intestino corre la sangre, que absorbe estos nutrientes y los reparte por todo el cuerpo.

El perro expulsa todo lo que no necesita. Son los excrementos.

Si come demasiado, el cachorro engordará. El cuerpo transforma la comida sobrante en reserva de grasa.

¿Qué pasa si el cachorro come demasiado?

Los osos pardos comen de todo

Algunos animales comen todo lo que encuentran: bayas, raíces, animales... Los jabalíes y los humanos hacen lo mismo. Los grandes osos pardos también son omnívoros: comen de todo.

Un **oso** tiene que comer mucho durante el verano, pues necesita acumular reservas de grasa para el frío invierno. Entonces hiberna en una cueva y no come absolutamente nada.

Los osos cazan animales, como conejos o ciervos.

Con sus poderosas zarpas el oso escarba en busca de raíces. Entre viejos tocones rebusca suculentas larvas. ¡Mmmm!

¡No, está pescando salmones! En otoño miles de salmones nadan río arriba para desovar, y el oso come salmones hasta hartarse.

¿Sabías que estos peligrosos osos comen setas y arándanos? También les encanta la miel ¡y se la comen con abejas y todo!

Los animales carnívoros

Los carnívoros se alimentan de otros animales. Hay que ser un buen cazador para hacerse con una presa. Cazar es peligroso y agotador.

El **águila** planea con sus grandes alas buscando conejos o perdices.

Los **lobos** cazan juntos en manada. Todos siguen al líder.

Un lobo solo no podría cazar un animal tan grande como un **alce**. Este alce servirá de alimento a toda la manada. ¿Quién sabe cuándo encontrarán otra presa? Después de la caza los lobos tienen que descansar. Con sus aullidos dicen: ¡Somos una manada!

La caza del alce resulta peligrosa. Las poderosas pezuñas de un alce pueden herir a un lobo fácilmente.

¿Querrá darse un chapuzón?

Los **cuervos** también se alimentan de carne, pero esperan a que el animal se muera, o comen los restos que han dejado los lobos.

Las **libélulas** cazan moscas y mosquitos.

Las **golondrinas** comen insectos voladores.

Las **musarañas** comen pequeños insectos y gusanos.

El **ratón de campo** no se alimenta de otros animales. Come frutos secos, hierbas y bayas.

Los **conejos** no son carnívoros. Se alimentan de hierbas y flores.

La **rana** atrapa las moscas del aire con su larga y pegajosa lengua.

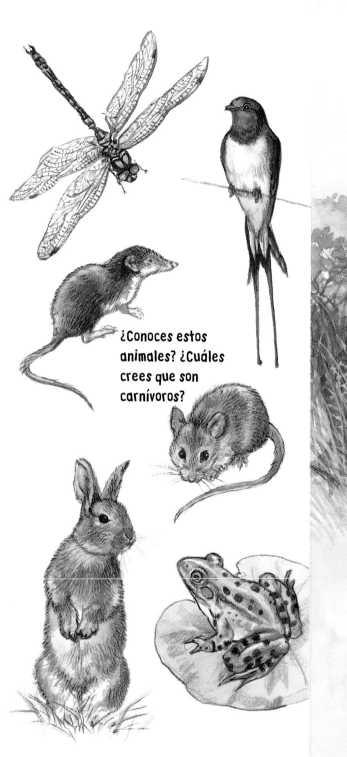

¿Conoces estos animales? ¿Cuáles crees que son carnívoros?

Los herbívoros

Un animal tiene que comer muchas plantas para quedar saciado.
Una ensalada no llena tanto como una salchicha…, eso ya lo sabes.
Pero ¡por suerte, las plantas no se mueven!

Los **elefantes** son tan grandes que no temen a los animales carnívoros. Con su larga trompa pueden llegar a las hojas más altas de los árboles.

Las **cebras** comen hierba todo el día.

Una de las **gacelas** vigila mientras las otras comen. Con el morro entre la hierba, las gacelas no han visto que un guepardo se acerca sigilosamente. En seguida saldrán todas corriendo y dando brincos.

Las **jirafas** tienen una lengua muy larga y unos labios gruesos y carnosos. Con ellos pueden arrancar las hojas más tiernas y sabrosas de los árboles espinosos sin hacerse daño.

El estómago de las jirafas es muy diferente al del perro salchicha o al nuestro. Su estómago es gigante, con pliegues y cuatro cámaras donde las hojas se empiezan a digerir. Pero para acabar la digestión, las hojas vuelven a subir a la boca para ser masticadas de nuevo. Es un proceso lento. A los animales con estos estómagos se les llama **rumiantes**. Las vacas, los ciervos y las gacelas también son rumiantes.

Los animales comen y son comidos

Si te fijas bien en estas imágenes, podrás descubrir qué relación tienen los zorros con las moras y las lombrices.

Avispa

El **mirlo** ha encontrado una sabrosa mora. Dentro de la dulce mora hay pequeñas semillas que el mirlo se traga sin darse cuenta.

Caen las hojas de la zarza, y la **lombriz de tierra** se las come. Las lombrices se encargan de renovar el suelo, si antes no son comidas por el mirlo o el petirrojo.

¿Qué pasa dentro de la barriga de la jirafa?

13

Hoy el **zorro** ha comido moras.
Pero el ratón se ve sabroso, así
que será su segundo plato.
Cuando no encuentra nada más,
a veces también come lombrices.

Al **ratón** también le
gustan mucho las
moras, pero tiene
que tener cuidado con
el zorro.

Petirrojo

El zorro ha dejado una montañita de
excrementos con las semillas
de las moras. Aquí crecerá una
zarza con nuevas moras.
¿Y quién ha preparado
la tierra para que eso pase?
¡Exacto! ¡La lombriz de tierra!

Claro, ¡los **humanos**! A nosotros también nos
encantan las moras. A veces no nos damos
cuenta, pero las plantas y los animales se
necesitan mutuamente.

¿Quién crees que participa también?

Animales con jardín propio

Nosotros, los humanos, plantamos flores y hortalizas en los jardines para tener tomates, rábanos y manzanas. Pero no somos los únicos que han tenido esta ingeniosa idea. Existen hormigas con jardines, ¡y algunos son inmensos!

Las **hormigas cortadoras de hojas** viven en las junglas de América del Sur. Suben a los árboles y cortan trocitos de hojas.

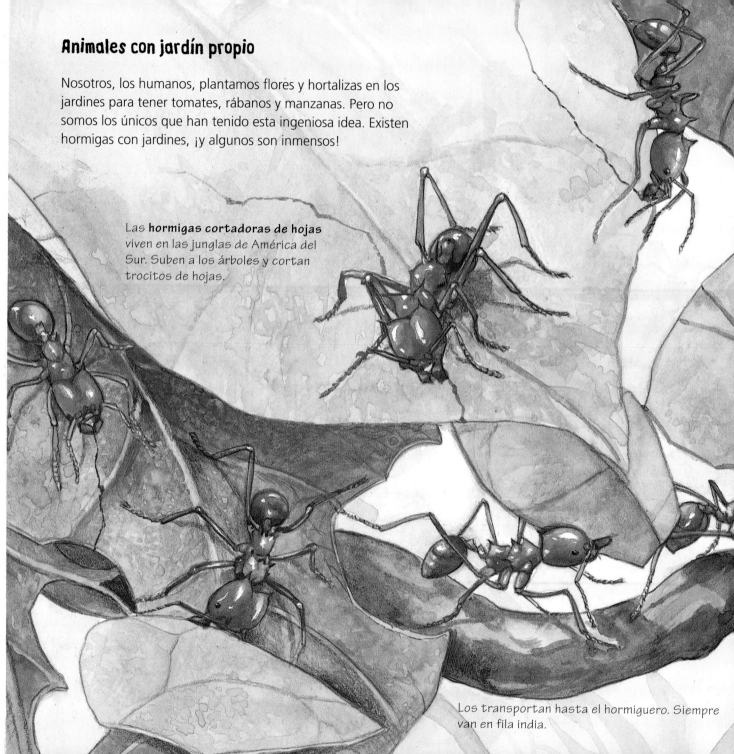

Los transportan hasta el hormiguero. Siempre van en fila india.

A veces las hormigas mínimas se ponen encima de las hojas para proteger a las hormigas recolectoras.

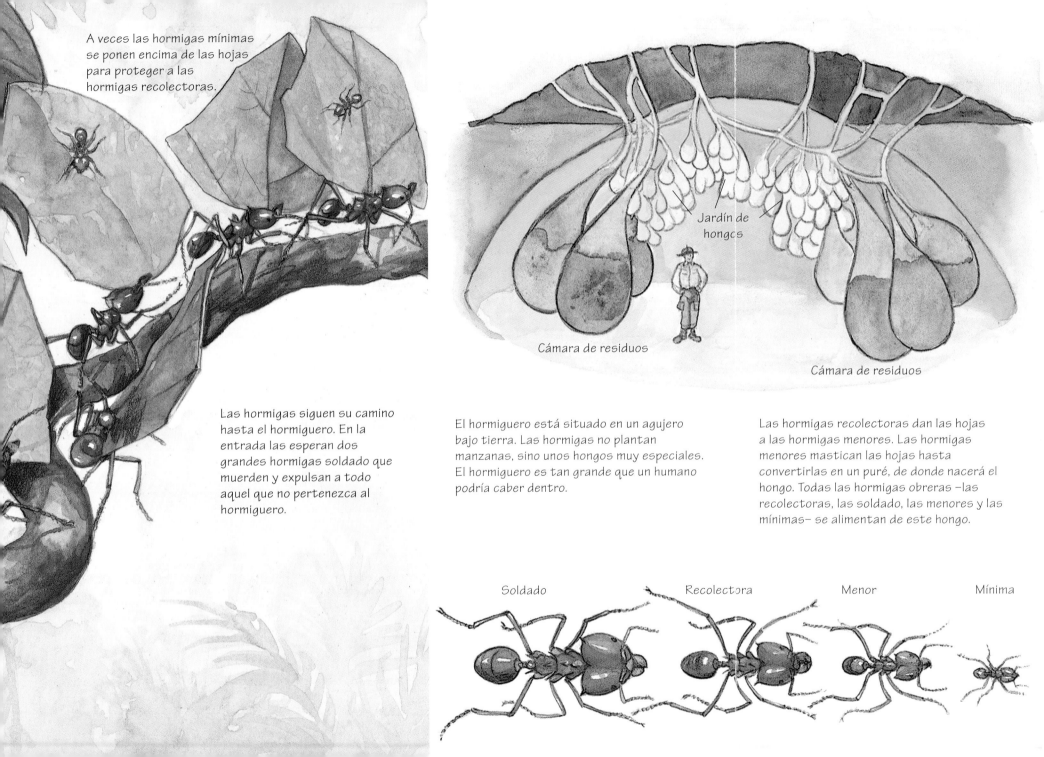

Jardín de hongos

Cámara de residuos

Cámara de residuos

Las hormigas siguen su camino hasta el hormiguero. En la entrada las esperan dos grandes hormigas soldado que muerden y expulsan a todo aquel que no pertenezca al hormiguero.

El hormiguero está situado en un agujero bajo tierra. Las hormigas no plantan manzanas, sino unos hongos muy especiales. El hormiguero es tan grande que un humano podría caber dentro.

Las hormigas recolectoras dan las hojas a las hormigas menores. Las hormigas menores mastican las hojas hasta convertirlas en un puré, de donde nacerá el hongo. Todas las hormigas obreras –las recolectoras, las soldado, las menores y las mínimas– se alimentan de este hongo.

Soldado   Recolectora   Menor   Mínima

Detrás de la pestaña puedes seguir las hormigas hasta su jardín secreto.

Animales que muerden humanos

Aquí no vamos a hablar de leones o cocodrilos, sino de animales que necesitan un poquito de sangre humana para vivir.

Los únicos **mosquitos** que pican son las hembras. Los mosquitos no necesitan nuestra sangre como alimento. La necesitan para que en su barriga pueda crecer un huevo de donde nazca un pequeño mosquito.

Mosquito

Las minúsculas **pulgas** pueden saltar muy lejos con las patas traseras. Nos chupan la sangre, que es su alimento principal, y nos dejan pequeños puntos rojos en la piel.

¿Por qué nos pica tanto cuando nos muerde algún "chupasangre"? Pues porque deja saliva en el agujero que ha hecho en la piel. El cuerpo detecta una sustancia extraña y reacciona con la hinchazón y el picor. ¡Y cómo pica!

Pulga

Por la noche las **chinches** salen de su escondite y muerden a los humanos mientras duermen. Una chinche es del tamaño de la mitad de un céntimo y... ¡huele mal!

Chinche

El **piojo** es tan pequeño como una cabeza de alfiler. Vive en el cuero cabelludo y nos chupa la sangre.

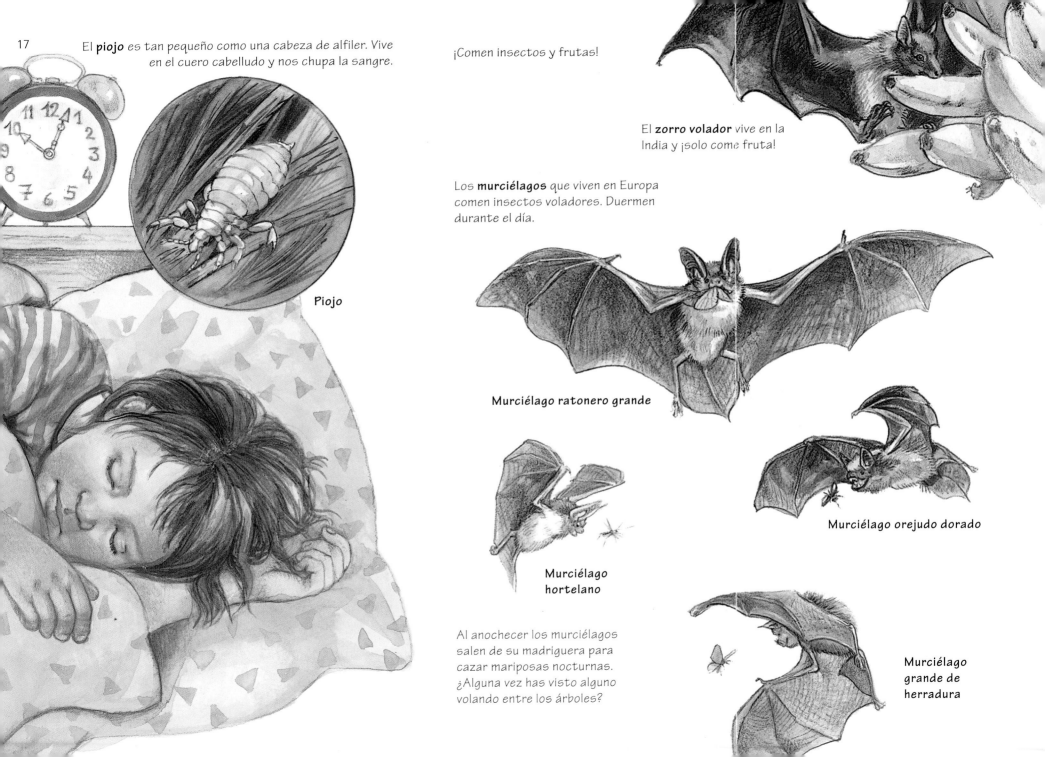

Piojo

¡Comen insectos y frutas!

El **zorro volador** vive en la India y ¡solo come fruta!

Los **murciélagos** que viven en Europa comen insectos voladores. Duermen durante el día.

Murciélago ratonero grande

Murciélago hortelano

Murciélago orejudo dorado

Al anochecer los murciélagos salen de su madriguera para cazar mariposas nocturnas. ¿Alguna vez has visto alguno volando entre los árboles?

Murciélago grande de herradura

¿Qué crees que comen estos animales?

Un líquido muy importante

Las jirafas, los conejos, los humanos, los osos, los murciélagos, los perros…, todos alimentan las crías con leche materna. La leche materna es el mejor alimento para crecer sano y fuerte. Las crías obtienen la leche de las mamas de la madre y por eso reciben el nombre de mamíferos.

La madre **chimpancé** está dando el pecho a la cría. Mientras la cría sea pequeña, la madre siempre tendrá leche.

La madre lleva la cría
siempre encima y la deja
en lugares donde puede
encontrar comida.

Las frutas demasiado
verdes producen dolor de
barriga. Pero la madre
chimpancé sabe cuándo
están maduras. La cría lo
aprende imitando a la
madre.

La cría está aprendiendo a comer termitas.
Las termitas se parecen a las hormigas,
y a los chimpancés les encantan.

La madre introduce el palo dentro del
termitero. Las termitas, furiosas, muerden
el palo, y la madre lo retira para comérselas.
La cría observa a la madre y luego intenta
hacerlo.

¿Qué crees que van a hacer con estos palos?

Los más grandes se comen a los más pequeños

Las ballenas azules son los animales más grandes de la Tierra. Son más grandes que los elefantes y los dinosaurios. Entonces ¿qué cosas grandes comen? ¡Pues nada de cosas grandes! Comen unos crustáceos minúsculos.

Aquí puedes ver una **ballena azul** con su cría. Una cría de ballena toma 600 litros de leche al día. ¡Eso son cuatro bañeras llenas! Engorda unos 100 kilos cada día.

¿Te has dado cuenta? La cría bebe leche, así que las ballenas también son mamíferos.

La ballena tiene una boca tan grande como un garaje. Es por donde entra el plancton formado por pequeños crustáceos. En vez de dientes tiene unas largas barbas. Cuando vuelve a abrir la boca, el agua sale otra vez, pero el plancton se queda y se lo traga.

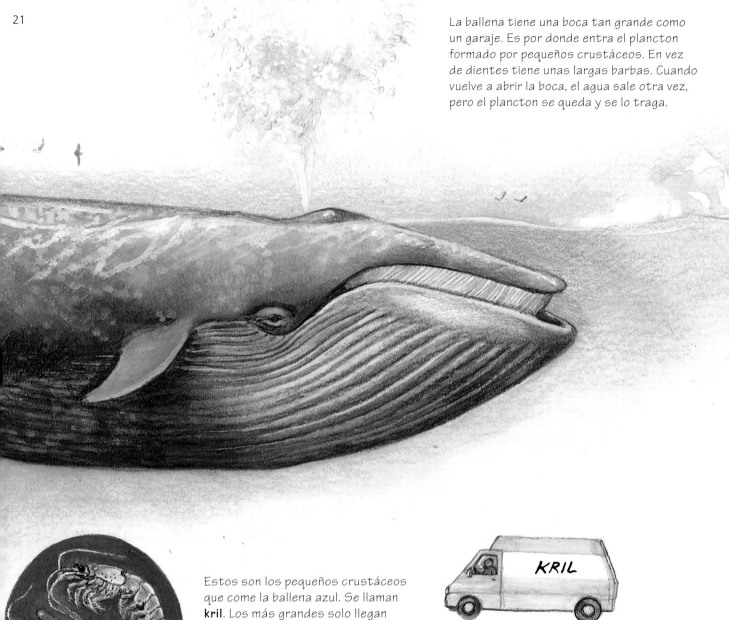

Estos son los pequeños crustáceos que come la ballena azul. Se llaman **kril**. Los más grandes solo llegan a la medida de una cerilla pero hay una cantidad enorme. Viven en el polo norte, donde la ballena azul llega nadando para atiborrarse.

Si pudieses juntar todo el kril que la ballena azul come en un día, ¡podrías llenar una furgoneta entera!

¿Cada cuándo comen los animales?

Nosotros desayunamos, almorzamos, merendamos y cenamos e incluso a veces comemos algo entre horas. ¿Puedes imaginarte cómo sería comer cada dos meses?

La **araña** es paciente. No necesita comer muy a menudo. Cuando atrapa con su red más moscas de las que necesita, las envuelve y las guarda en la despensa.

La **serpiente** está a punto de tragarse a una gacela entera. No volverá a estar hambrienta hasta tres meses más tarde.

Algunos animales sí
necesitan comer más
a menudo. El pequeño **colibrí**
no podrá hacer sus
fantásticas acrobacias
aéreas hasta que haya
encontrado suficiente néctar
en las flores.

Animales que guardan comida para tiempos más difíciles

Durante el invierno no es fácil encontrar comida. Algunos animales, como el oso, duermen durante todo el invierno y sobreviven gracias a la grasa acumulada. Otros animales llenan sus despensas para poder alimentarse en invierno.

Los ratones de campo viven, por supuesto, en el campo. Son mucho más grandes que los otros ratones y saben esconderse muy bien de los humanos.

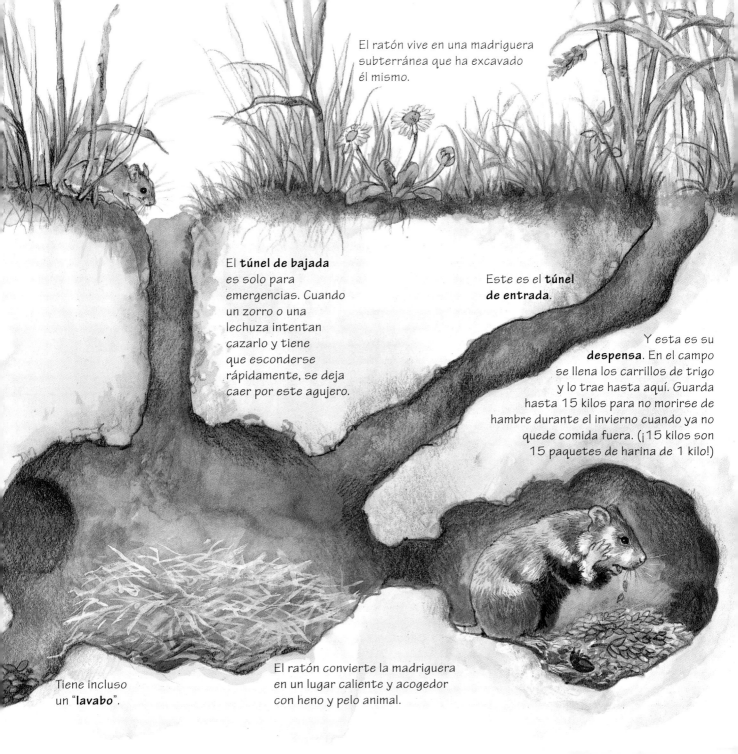

El ratón vive en una madriguera subterránea que ha excavado él mismo.

El **túnel de bajada** es solo para emergencias. Cuando un zorro o una lechuza intentan cazarlo y tiene que esconderse rápidamente, se deja caer por este agujero.

Este es el **túnel de entrada**.

Y esta es su **despensa**. En el campo se llena los carrillos de trigo y lo trae hasta aquí. Guarda hasta 15 kilos para no morirse de hambre durante el invierno cuando ya no quede comida fuera. (¡15 kilos son 15 paquetes de harina de 1 kilo!)

Tiene incluso un "**lavabo**".

El ratón convierte la madriguera en un lugar caliente y acogedor con heno y pelo animal.